贾 如 幸 福

慢 · 点 · 来

只要懂得转身，伤与爱都是遇见美好的道路

贾静雯 著

百花洲文艺出版社
BAIHUAZHOU LITERATURE AND ART PRES

天使到来

我的星星、月亮、太阳

写在开始 \ 给自己的一封信

Hi，静雯：

　　小时候对你的成长来说，应该是有很深刻的影响，喜欢温暖热闹的你所追寻的依然是那份团聚的温度。长大之后，那温度有时离你好远，当你感受不到，你就会因孤单而感到失落。你讨厌孤单的感受，所以常去寻找那记忆中熟悉的温暖，但常因为着急寻找而迷失方向，随意钻进某个自以为有温度的殿堂，往往因为不对的方向，而让这孤单加倍突显。一路的跌撞也造就了你强大的心灵。谁没有过去呢？知道你是个很容易自责的女孩，请不要再为你的过去而自责，也请你放下那过往的伤痛，它已愈合，更请你对于曾经伤你或你伤害过的人事，原谅与道歉，这一切的发生，都有其美意及目的在里头。

　　这些年看着你的变化，知道你已经做到了，这不容易。眼前的你，是收到许多的祝福与鼓励才有的生活形式，更是你自己期许的未来，这个未来就请你努力大步地往前迈进，且珍惜享受着每时每刻碰撞的火花，精彩人生正是你追寻的道路，就在这道路上尽情享受酸甜苦辣的人生百态吧！

　　你常笑说，你的美丽是因你走在对的轨道上，轨道上爱的养分又格外充足，你许下愿望要带着丰沛的爱、带着家人一同散播出这爱的种子，你正在执行，一定要一直做下去。

你有时会眉头深锁，为下一代的健康与未来烦恼着，生怕自己的疏忽与不足，让她们吃不必要的苦、受不必要的罪；矛盾的你也知道，过多的担忧只是徒增烦恼，她们的撞跌不也是她们人生的堆叠吗？心开人就开，你给予她们的爱及陪伴已让她们很富足，剩下的也就是她们自己的人生功课啦！

人拥有得越多就越害怕失去，我懂。所以常常提醒你，珍惜当下是件极为重要的事情。以前的你遇到困难，习惯自己面对自己扛，现在多了个伙伴陪你一起走、陪着你面对，不也是一种幸福？

放轻松面对人生吧！人生真的苦短，若不苦也不叫人生。未来的你请答应我，大口呼吸，尽情享受属于你的人生，你要的不就是陪着她们，享受着成长带给你的感动？你要的不就是到老还能看着女儿们在她们的世界里翱翔、认真地为自己而活？你要的不就是回头看身旁的那个人，老了鬓发已白、满脸皱纹，但还是用那再熟悉不过的关爱眼神，做你心中最温暖的依靠，陪你走完人生最后旅程？我已想象到当那一天到来，那位白发苍苍、心满意足的老太太，可以安心阖眼去另一个国度，了无遗憾。

好美的一幅蓝图，好美，我最亲爱的你，愿你一路如我所述。祝福，一定实现。

Chapter

1

Chapter 1

我的成长与我的母亲

如果问我："你已经有三个孩子了，你是什么样的妈妈？" 我只能回答："我还在学习。"妈妈，这是一个永远需要学习的角色，面对不同性格的孩子，要学习用不同的方式去教育，这个角色的挑战，是没有终止期限的。

　　很多人说原生家庭的影响，会使得我们成为什么样的父母，这点我非常认同，所以成为妈妈之后，我常常回头看我的原生家庭给了我什么样的影响。

被捧在手掌心的娇娇女

　　我的童年，其实没有多特别，唯一特别的是我很有口福，因为我是在充满让人垂涎欲滴的美食供养下长大的姑娘。在我那个年代，在台湾要吃到好吃的北方菜，几率是小之又小，我们家祖传的天津菜可不是开玩笑的，即使到现在，还会碰到不少以前常来我家光顾的老饕，对我们家的菜色念念不忘，就跟你们分享几道菜来感受一下吧！

　　一道是家常熬鱼，那肚里塞着一团手作丸子，加上熬煮十几个小时的鲤鱼，最令人难忘的是吸收了所有鱼汁精华的萝卜，一起在大锅中惊艳地散发棕红炖煮的香气，哎呀呀……再配上纯手工擀的面皮制作的烙饼，那酥软饼香蘸着鱼汁精华，再配上一口萝卜……

　　另一道看似普通简单，却是贾家厨房独特的烧法，我只能说这是在外面吃不到的独特风味，菜名是普通的虾仁茄子，你一定会想：不过就是茄子，一点也不特别啊！但想想那个画面：鲜甜的虾仁经油锅煸炒，虾仁本身的香气加入事先蒸过的茄子；最后撒入蒜末，起锅！

这道菜不吃上几碗米饭，都觉得对不起自己的肚子！饿了吗？现在这些是只有在我的家里、我的记忆里才能品尝到的美食，而这也是家族传承下来、我烧得最好的几道菜呢！

小时候我就很有口福。

餐馆里的每一张桌子都可以是我的
书桌，也常有机会跟客人合照。

贾如幸福慢点来

单纯无忧的少女时代。

我的成长与我的母亲

就是从小的生长环境，才造就现在嘴刁的我，舌尖的敏锐度极高，也热衷寻找美食。还记得上学的便当，健康在那个年代好像不太流行，但比香气一定是我第一名。除了美食，印象最深的就是当时的餐桌，只要放学，餐厅里的任何一张桌子都可能顿时变成我写作业的书桌，所以我的课本常沾满油渍，好像生怕别人不知道家里是开餐厅的。在这间小小的餐馆里，有着我童年满满的回忆。

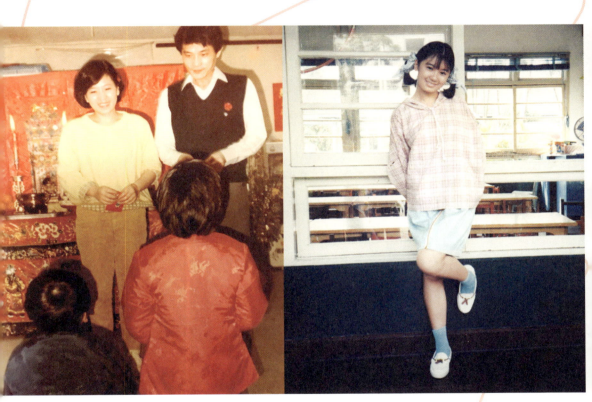

跪在前面的是弟弟与我。

我的成长与我的母亲

我的母亲是我内在的"隐形誓言"

　　母亲这个角色真的很难扮演，从没有一堂课叫作"如何当个母亲"，所以没有任何人可以事先学习，做母亲之前我没什么准备，我的母亲更是。

　　她在 19 岁结婚，20 岁生下我，在这个懵懂的年纪要如何当个妈妈呢？自己根本就是个孩子，还要照顾小孩，所以她也是在不知所措的情况下，懵懵懂懂地把我们拉扯长大。

　　还记得我妈常说："小时候你很乖，不吵不闹都没有声音，但唯一有一件事让我很伤脑筋，就是你什么都不吃，连牛奶都不喝。" 真不知道我是怎么长大的哈。亲爱的老妈，我不也健康地长到了现在？由此可见天下父母都无须太操心，小孩自有生存之道啦！（讲归讲，但我自己作为妈妈，还是很操心孩子的。）在我妈口中，我真的是一个很好带的孩子，听话、贴心，从不找麻烦，可能是从小跟前跟后，在餐厅忙碌的脚步下长大，看着一年四季、无惧冷热地在厨房辛苦烧菜的妈妈，所以就格外懂事。

　　　　　　　　　　　　　　　　　　　　　　　　贾如幸福慢点来

这是母女情深的最佳证据。

我妈和我爸的感情，也不晓得到底算好还是不好，我老爸是外省人，有股臭脾气，倔个性，超级大男人，对我妈的爱很霸气、很占有，而我妈也都选择服从，不管怎么争吵，最后都会选择留下，留在这个她唯一的家园，继续守护着！

　　或许从小到大看着我妈这种不离不弃的精神，让我觉得婚姻对女人来说，是种伟大的付出与牺牲，很多时候是需要忍耐才能圆满的。

我的成长与我的母亲

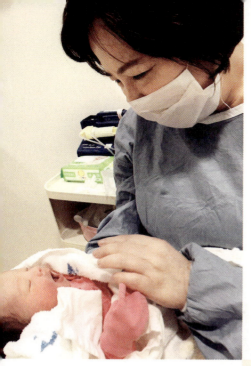

对孩子源源不断的爱，是我与母亲身上相同的
"隐形誓言"。

贾如幸福慢点来

妈妈在厨房里忙着的身影，是我眼中
最熟悉的光景。

三代其乐融融。

看着上一代的感情世界，是如此的戏剧化，爱恨情仇的一辈子，简直是一出精彩的八点档，大人的世界真的会对孩子造成一辈子的影响吗？认真回答：会的！至少对我是造成了不少的影响，尤其是感情观。

　　曾经看过一句话：原生家庭会成为孩子的"隐形誓言"。我觉得这句话很有道理。我的母亲对我影响极大，她们这代的女性，大部分会有一个共同点就是认命，遇到与另一半冲突也只会选择妥协，分析起来，其中主要的原因是本身没有经济能力，无法独立照顾自己跟孩子，所以只能随着命运载浮载沉。

　　从小到大，看着母亲不管遇到多大的委屈，都紧守在我们身边，这种母性的传承就扎实地在我身上继续发光发热，我也像有源源不绝的爱，想要不断给予我的孩子和身边所有的家人，这完全不像是我自己的选择，倒像内在的"隐形誓言"一般，身不由己地与我的母亲相同。

　　不论过去我曾经历过多少当时无法承受的伤痛，今天的我回头看自己，只觉得年轻时期的我，人生也过得满丰富的。尽管有些事情身不由己，尽管环境使我失去很多童年该享受的成长过程……是的，我的人生或许跟大部分人的不一样，或许多走了很多曲折的路，但现在的我一样有权利，去努力追求那属于自己的幸福。

至今我对人生的体会，有许多与年轻时截然不同的想法，我也充分了解如果自己一生顺遂，恐怕到现在我还学不会长大，更别说是成熟了。在我人生低谷的时期，我也曾怨天尤人、痛不欲生过，那个使我转念的关键，就如同一道闪电劈入脑中，某个想法就突然产生："既然上天给我这样的剧本，我就好好扮演这个角色，如同当一个敬业的演员那样。"这样的想法不只是因为我的行业，我相信绝对适用在每一个人身上。

接受上天给的剧本，好好扮演自己的角色！能够
转念，人生就有勇气继续向前走。

工作经历，使我成为我

　　从没想过做一份工作可以超过二十年。

　　踏进演艺圈是我从来没想过的，从小只知道眼睛大大的我很受长辈疼爱，出门也常常被夸长得漂亮、有灵气，但家人从来没有栽培我往演艺圈这条路走，只知道五六岁时有被找去拍牛奶广告，但自己没有印象，是听妈妈口述才得知原来我这么早就被发掘。

　　我最早接触到明星是在自家的餐厅，当时的天津卫还蛮红的，举凡那个年代的政要名人、影视红星，都光顾过我们家的餐厅。而明星更被大家注意，"二秦""二林"（秦汉、秦祥林、林青霞、林凤娇）、成龙、元彪、洪金宝……最让我印象深刻的是恬妞，因为小小年纪的我真的不懂什么是明星，她每次来吃饭都会把我抱在怀里逗我玩，对我爱不释手，看来我从小就跟演艺圈建立了缘分吧！

因为拍摄《佳家福》的关系，我剪了短发，有种小男生的英气。

贾如幸福慢点来

到了青春期，因缘际会下碰到了学长正在寻找羞涩稚嫩的女孩当广告演员，这位学长正是著名的广告导演彭文淳！他递给我一张名片说："学妹你好，我是学长，有一个广告在找演员，有没有兴趣来试镜？"当时我只觉得惊吓，心想他可能是个骗子，学长安抚我说："你把我名片拿回家，请你爸妈打电话给我！"回家后我把名片给妈妈，她就照名片上的公司电话打去帮我确认。为了说服我妈答应我去拍广告，学长承诺不会耽误我的课业，然后才安排了试镜，为此学长竟然还成为我的数学家教，遵守对我家人的承诺让我保持成绩。

而我就在那个年代成为大家口中被星探挖掘的新星，轻轻松松踏入了人人羡慕的演艺圈。这个时期的演艺圈，对我来说很单纯，从广告到戏剧，我都很幸运碰到这个圈子的领头者，尤其是开启我戏剧这条道路的王小棣老师。老师一步一脚印，扎扎实实地训练我们的基础功夫，让我受用到现在。记得刚出道拍戏，那个时候哪里懂什么叫演戏呀！所以还是抱着好像很好玩就去试试看的心情，糊里糊涂地走进戏剧的世界。

《佳家福》是以两个家庭的日常生活为架构的家庭剧，我扮演的角色就是符合当时年龄的国中生。那时正值升学期，尽管我的功课成绩普普通通，但是生活上可是很乖巧从不会让父母担心的孩子，因此对于拍戏这种挑战规律生活的工作，爸妈一直很犹豫。尤其这部戏的拍摄主场景在杨梅，如果我真的演出，拍摄期间就必须台北、杨梅两头跑，因此迟迟没有答应让我去演出，剧组费尽心思不断说服爸妈，保证再保证绝不耽误课业之后，爸妈才勉强同意。

　　我很庆幸第一次拍戏就在王小棣老师的剧组，大家都知道小棣老师最会训练新人，而且小棣老师教的不只是演戏，还教我们人情世故和做人的道理！整个剧组像个大家庭，演我爸妈的赵树海（赵爸爸）和刘方英，他们戏里戏外都很照顾我，也要求我们几个学龄的孩子一定要兼顾课业。拍戏的过程中，每逢学校要大考，赵爸爸会要求我们等戏的空当，把握时间读书、做功课，剧组还特地帮我们准备一张书桌，派人负责盯着我们念书呢。

从小就与演艺圈有缘分。

我的成长与我的母亲

剧组铁一般的教育受用无穷

要举出整个剧组时时刻刻、毫无缝隙地给我们机会教育的例子，是举不胜举的。举例来说，在杨梅的拍摄场景有一间餐厅，到了放饭时刻，全部的演员都会在那里一起用餐，我们如同一个大家族，几个小孩需要负责帮大人们盛饭，这些细微规矩是非常被要求也非常重要的。从那时候我就深刻明白，在这个圈子里晚辈一定要敬重长辈。

还记得有一次我拿着筷子正要夹眼前食物，被饰演我父亲的赵树海爸爸一掌打掉我手中的筷子，他严肃地对我说："一个女孩子家连筷子都拿不好，怎么会这样？你现在把这盘子里的卤蛋夹进另外一个盘子，没夹完不准吃饭。"当时的我心中有些小小的不悦，但也不敢反抗，长辈说的话就得照做，所以乖乖听话努力把卤蛋给夹完。现在想想还真是感激赵爸爸，正因为他的严格教导，我拿筷子的姿势才硬被纠正过来了。

在这个像大家庭一样的剧组里，经过一年多的时间，这些细微末节的教育就这么深深地烙印在我的心底，影响了我待人处事和工作的态度。至今最受用的，就是小棣老师教给我的："没有什么叫永垂不朽，永远要记得爱惜羽毛！"

这句话，不只小棣老师常说，连我爸妈都常耳提面命地要我谨记在心。时至今日我深深体会，只要记得这句话，那些什么耍大牌、拿翘、不敬业、不用功的不专业行为，就不可能发生在我身上。一旦忘记了这个道理，就是拿自己的演艺生命开玩笑，我想这也是我保持到现在最引以为傲的职业道德和做人原则。

拍《佳家福》的那个年纪，压根不懂什么叫演技，唯一能做的就是把剧本背好，这个习惯根深蒂固地影响到我之后的演艺生涯。把剧本背好是我作为一个演员对自己最基本的要求。后来拍戏的时间长了，才知道这个习惯原来不是所有的演员都具备的，我知道有些同行戏压多了没时间背剧本，现场就靠 1234567 或 7654321 充当台词，反正事后配音就行了。大家应该不难想象，这样敷衍行事，谁跟他演对手戏都很累吧！

可能我是演员出身，所以从影之路上从来没有感受过所谓"偶像的光环"，拍戏其实很不容易的，尤其是电视剧，即使大家对我认识最多的《飞龙在天》那个阶段，也是一样没日没夜地工作着。摄影机前的演员打扮得光鲜亮丽，摄影机外大家打成一片，常常蹲在路边吃饭，在荒郊野外拍戏随地"方便"也是家常便饭。其实这些摄影机没有拍到的时候，我们做的事情，一般观众是无法想象的，所有拍戏的过程都是努力和狼狈不堪的累积，而这些过程正是滋养我茁壮的养分。

经常有人说，演艺这一行三分靠努力、七分靠机运，如果真是这样，那认真的态度就是那三分努力中最基本的要素。这么多年来，我不敢说自己多会演戏，但至今对工作认真看待，这部分始终没有松懈，因此我更领悟到年轻时打下的基础，一生都会受用，不丢小棣老师的脸，是我一直努力的目标喔！

除了当一个大家所谓的艺人之外，我没做过别的行业，从小就在摄影棚里打转，因为喜欢演戏，环境又熟悉，做着这份工作也不觉得

　　　　　　　　　　　　　　　贾如幸福慢点来

教导我很多做人处事道理，还纠正我拿筷子姿势的赵爸爸
（但赵爸爸您自己的筷子没拿好喔——开玩笑的）。

累，拍广告、演戏、主持就这么顺理成章地从好玩的事成了职业，这个职业主宰了我大半生，是我生命中很重要的一环。也曾经自己想过如果没有误打误撞进入娱乐圈，我会在哪里？

我想或许你会在某发廊、某幼儿园或某动物医院里见到我的身影，这些都是我从小特别有兴趣的事情，但人生很多时候是顺着天意走的，或许我真的跟这个圈子特别有缘，才使我成为演艺公务员的其中一角吧！

我拍摄的第一部电影《恶女列传》，演的角色就是在发廊和便利店上班的。

同年拍的第二部电影《真情狂爱》，当时挑战了非常大胆成熟
的演出，现在可能没有勇气这样做了，哈。

贾如幸福慢点来

紀大偉
「真情狂愛」勇敢檢視當代台灣情色次文化的生態與困境。
有了這段誠意感人的敘述，我們才得以更充份地認識自己的位置。

顏忠賢
在這電影的這個城裏，所有的角色與角落都正歡呼著，
某種令人既心動又心痛的悲慘遭遇！

成英姝
與其說這是對一個女孩年輕生命的紀錄呈現或理解，
不如說這是一個永遠無法滿足的追尋歷程，
無論是對導演或觀眾而言。

蔡秀女
真情狂愛呈現激烈的感情以及生命的反思

滾！
你們這些沉浸在幸福中的人類！

我需要一台時空加速器
一顆青春止痛劑
和一個可以看見未來的日光水晶球......
世紀末台灣Y世代啟女 完全解放手冊

真情狂愛
WILD LOVE movie.kingnet.com.tw/wildlove

贾如幸福慢点来

我的成长与我的母亲

变故也代表了成长的开始

看到这里，应该觉得我演艺路途还算一帆风顺吧，但家庭变故也是影响我很大的一个部分。天津卫是我们家族的餐厅，全家人都围着餐厅打转，所以当决断者（我爷爷）决定结束老字号的经营，义无反顾地奔向大陆家人的怀抱，展开新的事业项目，我们的人生就此开始改变了……

那时的两岸才刚开放探亲，爷爷是最早一批回乡探亲的思乡者。因为思乡之情，把辛苦工作多年挣来的钱也一起投入了家乡的怀抱，寄望有一个全新的未来。就在这时，家父得了癌症，爷爷投入大量的心血也全付诸流水。原本平顺的贾家，环境出现了骤变，用家道中落来形容还真是贴切。

虽然我成长的环境称不上大富大贵，但也算是温暖的小康之家，爷爷、奶奶和爸妈疼爱有加，自小只有他们对我嘘寒问暖，让我无忧无虑，但这一切幸福就这么急转直下，转眼消逝。

当时正在北京电影学院就读的我，不得不立刻休学陪在父亲身边，一同回到台北寻求治疗。还记得刚得知自己病况的父亲，非常无助彷徨，到处打听抗癌的方法，生病的人这时最容易相信旁门左道的信徒神棍及庸医的治疗方式。让我印象最深，也是耽误我父亲及早就医的离谱治疗，就是隔空取癌。

父亲是淋巴癌，那时人已经非常不舒服了，还被这位庸医贴上他给的黑色膏药，鬼画符般地在父亲身上乱念一通经文，据说就能把父亲身上的癌细胞统统吸出……正常人听也知道这是种鬼扯的治疗方式，但一个人知道自己生命正在消逝的时候，脆弱会让他慌了手脚，对某些我们觉得不可思议的治疗方式言听计从，所以现在看到某些神棍让人延误就医时机的新闻，心里就有莫名的三把火。

想起父亲的那段辛苦道路，我们在旁的家人也不知所措，就如同父亲跟我说的："命是我自己的，就让我自己决定怎么走最后一段路程吧！"

虽然固执，但我们也尊重，直到他离去前，他还是走回了当初检查出肿瘤的西医怀抱。绕了一圈，终于明白这些绕远路的步伐，正是自己打败自己的烙印，再走回对的路，却为时已晚。

还记得爸爸最后那段时间，偶尔觉得自己体力变好，他就会跟医院吵着要请假回家，回到家，回到他熟悉的环境，心情就好了一大半，那时每天靠着吗啡减轻疼痛感的老爸，只要看到刚拍完戏回到家累倒躺在沙发上的我，总会用他骨瘦如柴的双手，摸摸我的脸、拍拍我的头，仿佛是在跟我说："女儿，你辛苦了！"虽然累瘫在沙发上无力张开双眼，但我完全可以感受到父亲对我的心疼，甚至不顾自己的病痛不适，边帮我按摩，边擦拭对我感觉亏欠的泪水……至今，那双手的温度及微小的啜泣声，是我对父亲离世前最深刻的记忆。

贾如幸福慢点来

我与父亲、弟弟。

假如幸福慢点来

父亲的离去并不突然，过程却很折磨，最辛苦跟被折磨的除了父亲本身之外，就是在他身旁不离不弃的太太，我母亲。那段时间，母亲医院家里两头跑，每天过的是身心俱疲的日子，我永远记得的是，她坚毅的眼神时时透露出不能被击垮的神态。那时的我们，除了跑医院就是忙着工作赚钱，但只要一想到回家，就有迟疑的步伐，因为真的无力也无助，看到父亲一天天消瘦的身躯及肿胀到变形的脸庞，更心疼母亲像是 24 小时被捆绑，在这样铺天盖地充满负能量的气氛里，自己也被身旁的氛围感染成一个病人。

　　直到父亲离世，简单打理完后事，我才惊觉母亲好像轻松了些，终于可以好好阖眼睡上一晚不被唤醒的觉，那时的我也真心替母亲小小地高兴一下，这高兴只是这样日常的小事……从父亲离世到现在也有二十几年了，这二十几年她所有的生活重心都放在我及我弟的身上，没有再为自己的人生创造另一段精彩……那年的母亲才 45 岁，一定可以再找到依靠的伴侣，但她早已放弃，没有再寻觅。

人真的是从挫折中成长的。

贾如幸福慢点来

Chapter 1
我的成长与我的母亲

当时的我特别不能理解，也多次通过朋友想给我妈介绍对象，因为这样，我们还吵了好几次架！这样的好意却让母亲认为，她是我们的负担，所以才急于把她赶走。但我只是真心觉得年轻漂亮的妈妈已把人生的前半段献给我的父亲，是不是该好好被新的情感呵护疼惜后半生呢？

　　拒绝是她这二十年来始终的说辞，现在问她到底为什么，她说："我只想要一个人过，想干吗就干吗，不被约束，这就是我想要的后半生。"噢，我明白了！我父亲与她的这一段婚姻，带给她许多的压力与恐惧，这些都大过于爱情，年轻的她也为了父亲与我们付出了全部的青春，她真的不需要赌上余生再投入另一个家庭。原来母亲早在父亲离世的那刻，就把爱情这扇窗紧紧地封锁起来再也不开，现在的她在别人眼中是幸福的奶奶与外婆，儿孙满堂，重点是大家都围绕在她身边，给予满满的爱与安全感，定期的家人聚餐，是她最大的快乐来源。

在这个家里，已经是外婆和奶奶的母亲有很重要的地位。

Chapter 1
我的成长与我的母亲

父亲是在我拍摄《四千金》的时候离世的。

贾如幸福慢点来

现在的母亲是幸福的奶奶与
外婆，儿孙满堂。

Chapter 1
我的成长与我的母亲

人总要学会面对现实

遭逢这样的变故，我开始认清现实地知道，我得靠演戏这份工作来照顾家里的经济，更要分担爸爸的医药费，自然不能再把拍戏只当成一件好玩的事。所以一从北京回台后，很快重新衔接上电视台的演出机会，然后就开始一档接一档、没日没夜地拍戏。1996 年、1997年算是我接戏的高峰期，算算那两年总共拍了 16 档连续剧，很惊人吧！问我当时应该很累吧，其实那时候根本没时间去感受自己累不累，只知道必须有戏就接，才能应付生活所需。

我总是把念头转向"演戏也是我的兴趣""能做自己喜欢的工作还可以赚钱，我是多么幸运啊！"来替自己洗脑，那阵子每天就是周旋在摄影棚、医院和家里，忙到无暇多想，还好弟弟也很努力到处去打工，把自己照顾好，让我没有后顾之忧。

我妈说过，很感谢上天赐给她这个女儿，因为我从来没有拒绝过工作，或用不正当的方式去赚钱，也从没抱怨过为什么是我要承受这一切。

在我眼里，失去另一半的妈妈，放下悲伤，完全把重心放在照顾我和弟弟身上，她因为爱我们所以坚强，这样的身教让我也因为爱妈妈和弟弟，坚定地相信自己无论如何都能扛起这个家！

我看过一个作者说："人当然要往前看，但也不能忘了回头看，因为人都是由过去走到现在，如果不回头看，就会忘了自己是什么样子。"这句话挺有道理的，这也是我常在看自己的时候，会回过头去看过往的原因，有时候觉得自己今天作为妈妈的某件事情处理得不好，我就会看看自己的问题，想想自己为什么会这样，然后提醒自己下次要记得调整，这就是我跟大家分享我的过去的原因。

透过那些过去，我更点点滴滴、透彻地了解自己，你呢？

58

过去的一切，堆叠出现在的我。

我的成长与我的母亲

贾如幸福慢点来

Chapter 1

我的成长与我的母亲

Chapter

2

Chapter 2
雌雄同体

自古以来，两性之间的关系就有许多文献可查。阴柔和刚强往往都在两性之间存在着，男人讨厌被说阴柔，但矛盾的是，我觉得女人往往都渴望男人有些许的阴柔特质。举例：中国传统印象中的男人，不在乎情感细节，只在乎自己的事业、人生、兴趣，家对于他们来说，似乎只是个休息、驻足及满足他们需求之所在，所以女人在男人的世界里感觉只是一个男人的附属品，没有自己的人生。而女人在传统印象中，是墨守成规、相夫教子，唯有做好女人本分的特质才会被表扬崇拜，这就是传统对两性的中心思想。

　　回到现代已是公元 2018 年，女人想要打破传统的束缚也在历代革命中体现多时。现代的女性除了自立自强外，更有许多自己的想法，不再被传统控制！甚至突破许多旧有观念，创造出现在新女性的价值观，放眼看看我们身边的女人们，也都在各个领域中有着不同的成就，不管有无家庭、有无情感，都大胆迈步在找寻追求自己所爱及所想的人生，这真是一件非常值得庆祝的事情。

跌跌撞撞才更懂珍惜

女人自古就有太多的包袱、背负着太多的责任与重担，甚至苟延残喘地活着，只为了成为那个时代不被舆论压垮活着就好的女人，她们牺牲掉自己内心的渴望，回头看这样的女人，除了打从心里敬佩却也有些同情，但同时我也发现，现在的我们是否也因此少了过去女人的恒久忍耐？这就是过去历史给我们最宝贵的人生过往。

当现代的女性是幸福但也有些遗憾！因为要当一个真正幸福的女人就是要懂得在传统及现代当中取得自己所要的人生价值，而不是一味地只要颠覆传统，毕竟当两性结合为一，需要的是更多的智慧来"摆平"两性的课题。

我个人觉得我是个幸运女人，因为生长在这个时代，在事业上，我可以选择如男人般地刚强果断来创造我想要的事业成就，但同时我也可以如同小女人般地在感情上撒娇任性，让自己的情感丰富多变，这真的是一件身为现代女性独享的特质。但我必须要说，我以为我拿到了这个时代的直通车票，可以平步青云地到达我的理想人生，结果我错了！原来我的智慧还是不够来驾驭这个时代的情感，因为我既不想要传统，也不够大胆，所以在情感上并不是个得胜者。

过往的我有时都用大女人的态度来面对情感上的枝枝节节，结果都是挫败的一方。我承认，原生家庭的教育价值观的确让我在情感上显得有些任性，或许是父亲离开得早，所以我在择偶上一直追寻着有父亲影子的情感，这样的男人多半都有些年纪，想找的也是可以让他呵护及听话的小女人，而我偏偏有种傲骨，不愿意在情感上只是单方面成为被照顾的一方，我认为两个人在一起，应该是互相照顾，而不只是依附着对方才能生存的相处方式。

或许是受天秤座的影响，我老在感情上追求着一种平衡的模式，还有母亲从懂事以来的耳提面命，提醒我要独立、靠自己，女人要有生存的能力及本事，所以我在交往的关系当中，如果让我感觉到这个男人是希望我百依百顺，我就立刻打退堂鼓。

也许是当家中的支柱太久，独立惯了，经过几次失败我才知道，原来……我一直搞错方向，年龄不是重点，追寻父亲的影子并不能带给我对的幸福，我要找的是愿意跟我共同经营未来的好伴侣，这才是对的方向，所以经过这些情感及时间的洗礼，我终于在现今找到了一个适合我及相互配合的伴侣。

我必须要说，现在的幸福，我认为是得来不易的。为着那些往日的任性，用不够成熟的智慧去处理关系，以及不懂得面对如此复杂的情感交流，这些造成的伤害与挫折，让我跌跌撞撞地一路走来，所以现在才更懂得爱与被爱的方法！于是，这段幸福我更加紧紧握在手中，万分珍惜。

天秤座的我，总是期望在感情上追求一种两人各持
一端的平衡。

原来光懂爱人不够，还要懂得如何被爱！

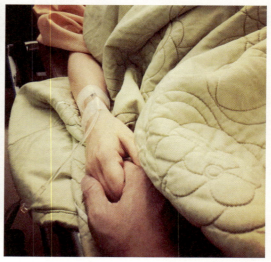

幸福得来不易，所以更要紧紧握在手中。
这是修先生在待产时握住我的手，令我安心。

贾如幸福慢点来

经历过失败之后，才知道自己不是只想当个独立的大女人。

Chapter 2
雌雄同体

被爱的勇气

　　和他一开始的相遇，一点也不戏剧化，喜欢运动打球的他，和我弟弟等等一群人本来就是好朋友，所以每次弟弟带朋友到家里来，我始终是把自己放在主人的位置去招呼客人。一开始我也没多想，但我开始跑步以后，一直是 Nike 配速员的修先生就会因为我在练跑说要来看一下，他当然是故意制造机会吧？

　　我们家族聚餐的时候，修先生也常来参加，我记得有一次舅舅问他："怎么一个大男生，没事老跑来跟我们一家人一起吃饭？"我弟弟就开玩笑说："他是来看姐姐的！"但当时我真的以为是开玩笑。

　　这一切直到发生"摸头事件"后，我的心绪才有了比较不一样的想法！有一天，弟弟的这班兄弟如常地来我家聚会，大家聊天，聊着聊着就说到了我的事情，当时的情境下他可能觉得有点心疼我，就像个大男人一样摸摸我的头！虽然之后我问修先生为什么突然摸我的头，他装出一副想不起来的样子说："有吗？"（回顾之前修先生做的种种，好像都有那么点小心机吧？）

他并不是个不熟识的陌生人，而是个认识多年的家族朋友，所以刚开始我并没有把他太放在心上，更没认真地看待这段缘分，但奇妙的是，就在某日某晚，心里所想及牵挂的那个人忽然都是他，就在这样的心情下，我开始正视自己内心的感觉，也不欺骗自己的心去接受这段冥冥中产生的缘分。

　　我们的交往除了一般的看电影、吃饭和到对方家走动这些之外，可能比较特殊的是，到现在两人还经常一起吃早餐，然后他知道我早上要送小孩上学，就会专程从家里来陪我一起送小孩上学！这个习惯一直延续到婚后，为了让我可以多休息，不要每天起早贪黑的，所以送 Angel 上学直接变成他的责任。这看似小小的举动，着实令我感到暖心，在实际层面也的确让我轻松不少。浪漫是什么？是给予对方的，也正是对方想要的，所以对我来说，这就是他的浪漫，我也感受到他想分担的贴心。

担任 Nike 配速员的修先生会来看我练跑，
怎么最后就配到一块了？

贾如幸福慢点来

Chapter 2
雌雄同体

尽管我们对年龄几乎无感，但它就是事实，就算我们不在意，但毕竟是公众人物，外界的眼光，我们心里都有准备势必要面对。

当时我确实挺犹豫，我极为不确定这段关系，甚至认为他或许只是个在情感上不确定要什么，或者只是基于同情的追求者吧！当然，所有人想象该担心的问题，我也没少过，但是修先生从来没有打退堂鼓的坚定给了我很大的力量。

虽然接受了这段缘分，但回头看着过去有的错误，我深深体认到谈恋爱可以冲动，婚姻，真的需要冷静！过去我对婚姻的设定跟憧憬很一厢情愿，觉得婚姻就应该这样，另一半当然要照我的模式来配合，但这真的是完全行不通的想法，所以自己就在这行不通的想法上跌了一大跤……不怪别人，上天既然让我走这一遭，必定有他的道理，就把这跌跤当成对日后的警示吧。

天时、地利、人和，我想在很多方面都是大家内心渴望的状态，我也是。这段缘分刚好符合了这个条件，虽然因为我们彼此身份的关系，当媒体报道出来时，还是有许多正负评价，但人生只能以自己认定的关系态度去负责，并无法因舆论而起伏，不是吗？因为是公众人物的关系，只能一直被议论，但没办法，每个阶段的智慧也只能容许用那个阶段自认为对的方式处理，处理得对与否无从定论。

假如幸福慢点来

Chapter 2
雌雄同体

两人的关系需要彼此的
智慧来维系。

贾如幸福慢点来

雌雄同体

当幸福来临时

　　原以为我与大女儿"1+1"的人生，就只有"1+1"这样的安然度过，没什么不好，我可以全然给她我能给予的爱，但对我个人来说，好像还是有个不足的缺口，生怕自己的爱太浓，会给她太多的负担，所以一直在观察自己该有的人生态度。直到这个缘分到来，化解了我心中的疑惑。

　　修先生许多人看在眼中都会觉得惊讶，为什么是他？但也有许多人赞叹，为何年纪轻轻的他会选择"1+1"的我？可能是他看到的我老是笨笨傻傻、遇不对人，让他觉得他有这个使命来照顾保护我吧！如果这个为什么要继续追问下去，那真的无解。老实说，缘分这件事何来解答呢？那我为什么又选择大家心中的小鲜肉？（哈，一贯的幽默）除了肉体的满足，我的内心确实也因为他而很踏实！

　　修先生开始并不浪漫，他只是很实在地想要一份稳定的关系，如同我。不知风花雪月对他是否有些累，所以只想拥抱一段他想要的情感？当时的我每分每刻都在想着如何让生活更好，自然而然就没有太多心思去享受某段关系的出现，直到遇见修先生，我也就莫名地调整了步伐，走到了对的生活节奏上。

刚开始交往，我在旁看着他拦走了我日常的忙碌，帮我分担及努力参与我的生活。当然，最让我担忧的莫过于修先生与Angel的相处！一开始的互动自然又和谐，感觉这两人像是认识多年的好友，什么都能聊，自然而然也觉得这样的相处没有太大问题。

直到有一次，我出国工作多日返家后，Angel把我叫到房间，用严肃的口吻跟我说："我不喜欢修叔叔！他凭什么管我？！"当时我听到，心中难免有些小震惊，想说短短几天到底发生什么事，回头看着在客厅呆坐的修先生，用个无奈的笑容对我耸耸肩摇摇头，我就大概知道是什么状况了。

Angel 是个不喜欢被约束的孩子，尤其当她还没认定是自己人的情况下，她又会更反弹地认为，为何她要被对方管！所以我不在的那几天，修先生很尽责地帮着我管束她的课业及生活态度，她当然会有这样的反应！因为她是个需要用方法管教的孩子！尤其她已习惯在她身边多年是我一人管教，怎可能忽然被一个新加入的成员来改变这个游戏规则呢？

我因为这次的小冲突花了许多的心思来沟通！一是让 Angel 明白这些出发点都是为了她好，二是让修先生改变一下与她的相处模式来减少冲突。随着相处时间越长，两位终于找到了彼此的相处之道，而且 Angel 反而越来越享受没有妈妈约束管教的时光，而与修形成了愉快的相处模式！

因为两人相处的阵痛期来得早，所以当我们人生中另外两个宝贝出现时，可爱的 Angel 已毫无情绪，能够用欢喜的心跟着我们迎接二宝的到来！

当然，就是修先生的付出与用心陪伴，才换得现在这份难得的"友情"。这就是修先生聪明的地方，知道怎么搞定我们关系中最重要的一环！

　　在两性关系中，两个人的事从来都不止是两个人的，修经过了与

Angel 相处的考验，而我却比他幸运，因为我连搞定我公婆的必要都没有。

怎么说呢？还记得第一次要见公婆，我当然很紧张，生怕有任何一丝状况会影响他们对我的看法。还记得是过年期间，很感谢他们用轻松自在、如同早已认识我多年的方式让我毫无压力地度过第一次见面！公婆热情地带来自己做的年菜，哥哥嫂嫂整个过程都幽默地与我谈笑，仿佛早已认定我们是一家人的相处方式，让我极为感动！尤其是那桌年菜，真的让我有种回到童年时光的感受，原来我公婆早年也经营餐饮事业，所以那一道又一道的惊喜菜色，让我觉得好温暖，我实在是太有口福了！

直到现在，公婆还时常刻意顺路经过我们家，带来一道又一道的私房菜色，简直是天天都像在过年。

修先生与 Angel 的相处模式，既轻松又自然，就像朋友一样。
为什么是他？只能说一切都是缘分吧！

贾如幸福慢点来

平淡简单才是我要的生活

过去的情感经历过极度戏剧化的波折，因此，我更珍惜现在的平凡稳定生活，也谢谢修家给我的安稳。

当我又有勇气开始成立我心中的家，我们如同年轻小夫妻开始规划我们家的蓝图，我们也很有默契地运行着我们的生活方式。早起逛市场，偶尔找间我们爱的早午餐小店，坐下来品尝着给我们元气的美食。

有时讨论着工作，有时讨论着我们爱的电影，有时天马行空地飞去某个梦想国度，来个"如果有一天去那里生活"的"如果"讨论，然后再回到现实，我们再一起乖乖回到我们小小的世界洗手做羹汤，解决这一天的温饱。

这就是我们生活的日常。有时，我们也会像老夫老妻一般，晚餐后去散散步，把一天发生的日常再回顾一遍。

记得某日的对话，让我印象深刻……他突然感性地对我说："你答应我，如果有一天我先走了，你一定要再找一个人来爱你。"这突如其来的一语，让我既感动又有些悲伤，反问他怎么突然这么感伤。原来是我们昨晚看的那部电影让他很有感触，他觉得孤老终生是很辛苦的一件事，不但自己本身辛苦，家人也会很辛苦！

他的感触很真实很直接，我也同样跟他说："如果哪天我先离去，你也答应我，要找个爱你如我的人，好好照顾你的余生。"这样的对话时常在我们的生活中出现，聊聊人生，看透无常的人世，日复一日，生活就是这么平淡简单。

当咘咘到来后，我们的日常变得更多元，原本的话题也加入了许多育儿的讨论，为了 Angel 的教育而烦恼，为了咘咘的饮食操心，每天想着变化她爱的菜色，担心着小 Bo 妞的出现，影响两个姐姐的情绪，不想让她们有任何失宠的感受……每一天的生活都被三个孩子填满，忙碌到让我们惊讶时光怎么能如此快速流逝！

咘咘的到来更丰富了我们的生活。

常常为了孩子，忙碌到惊觉时光飞逝。

贾如幸福慢点来

我们时常相视而笑，因为我们真的花好多心思在她们的身上，而修先生也愿意跟我同心协力面对她们的变化，一起解决生活的突发状况。我们都愿意为了她们去调整我们的工作，只因为我们都有着同样的认知："孩子的成长只有一次！"我们不忍错过任何重要时刻。能选择，也是种福气；懂得取舍，则是种智慧。

　　我常在夜深人静时，默默地注视身边的他，头发白了些，脸部线条也柔和了许多。想起当初认识的他，现在仿佛多了几分疲累，有时看着便觉心疼。现在的修先生，不管看到什么、吃到什么、去往哪里，都会挂念着他身边的女人们，丝毫不浪费任何多的心力在自己身上，反而宁愿省下自己的花费，让我们过更舒适的生活。

　　除了我们，对于彼此的家人，他的尽心尽力更是没有缺乏过，打理着家人们的生活所需。我不得不说，这样的男人真的不容易。我并非炫耀，只是感谢他的出现。因为他，我可以毫不隐藏自己的真实性格。

不知道为什么，和他在一起的时候，我的角色常常错乱，他常说："你上辈子一定是我女儿。" 因为他对我操心及碎碎念，真的如同一位父亲般，在我身旁耳提面命！最可怕的是，他如同我肚里的蛔虫，把我心里所想的事情都安排得稳稳妥妥。我真的只能说，或许他有颗比女人还要缜密的脑袋吧！连我母亲大人都因为他对我的照顾和碎碎念而深感佩服，直说："终于有个比我还要了解你的人来制约你了。"说完，立刻看见母亲大人嘴角露出得意的笑容……

修先生给自己在家里的称呼还蛮有意思的，他说他如同一王被我们五后围绕，我们一家都是女人。面对丈母娘是小修子，面对老婆是个善于倾听的军师，面对 Angel 是个可以谈心的好哥儿们，面对咘咘是个没有威严的小跟班，面对 Bo 妞是个不折不扣的好玩伴。被一群女人围绕的他，很清楚地把自己分别摆到对的位置。你们说，他是不是很懂得生存之道呢？

时而相视而笑，时而看着孩子们的笑脸，这样的每一天都如此美好。

两性相处必要之心机

　　我们当然也有矛盾冲突的时候，其实夫妻或情侣之间，很多时候的争执是不用追根究底分出对错的，因为理由往往可能只是争一口气，或是自己情绪造成。往往发生一大堆事情以后，根本想不出来究竟是为了什么原因而争吵，大部分都是日常小事，比如：车子要走哪条路、东西要物归原位、要运动还是偷懒……是不是很琐碎很无聊！很多时候的僵持，其实只是在浪费彼此的时间，也消耗彼此的感情，所幸现在我们之间已经没有什么价值观会产生矛盾，顶多就是斗嘴吧！

　　其实，我们两个都不喜欢冲突的感觉，所以当开始嗅到诡异、敏感的气氛，我们往往就会自觉地转移聊天内容，不再继续往那个奇怪的氛围发展，所以目前为止我们两个几乎都是吵架不隔夜，这也算是绝佳默契吧！

　　在两人的关系中，我觉得，某些时候一人当倾听者，另一方就像崇拜者，关键时刻彼此又可以当个忠告者，所以当男人满腔热血地给你意见，或在高谈阔论他的想法，这时千万别泼他冷水，要先肯定他的想法，然后再用女人的敏感直觉及自身意见去提建议！如果他采纳，切记，一切都要归功于他，来个"你好棒喔！这你也想得出来？！"这类的话来赞扬他！这样不仅能避免无谓争吵，还可让对方觉得被尊重，有时满足男人小小的虚荣心也是女人的一点小心机啊。

而男人，有时真的也会出其不意地给我们许多想要的惊喜，这也是他们的心机吧。

就拿修先生的"求婚之旅"来说吧。他在平日相处间记录了许多我及家人的生活点滴，花了好长时间剪辑配乐出一支浪漫的求婚影片，准备在我们前往东京游玩时给我惊喜，来一场浪漫的求婚……

还记得当晚，我们回到下榻的饭店，他反常地频频催促我去洗澡，直说吃完烧烤的我全身超臭，其实当时的我内心真的很不悦，心想：我都没嫌你臭，怎么反而嫌起我来了呢！

当我心不甘情不愿地洗完澡出来，看见他手忙脚乱，一溜烟地从我眼前跑过，我开始狐疑，不知他在搞什么鬼：

"你在干吗？"我问。

"没，没有干吗啊……"他眼神闪烁地回答。

虽然觉得他形迹可疑，但我已懒得理他，带着尚未平复的心情走向衣橱拿东西，他又突然健步如飞地走到衣橱前把我拦下，直问：

"你要干吗？"

"神经喔！我到衣橱能干吗，当然是拿东西啊！"我翻白眼地回答。

"等一下再拿啦！"他急忙阻止我打开衣柜。

"我干吗要等啦！我如果不先把衣服收好，你又要念我东西乱放……"听我那么怕他碎碎念的回答，只见他似乎又想找理由阻止我开衣柜，但我一手把他推开，打开衣柜整理衣物。

这时，突然听到他长叹一口气说："我不知道怎么讲……"

他用最快速的方式把我拉到床边，很认真地看着我说："我要给你看一样东西……"

然后他拿出手机播放他精心制作的求婚影片，顿时，我才明白他的手忙脚乱是因为这个时刻的即将到来。

他说："其实，我本来要通过 Apple TV 播放，结果我找不到遥控器！快要发疯了，又想偷偷录下你看到影片的那个时刻，没想到你就推开衣柜把我预藏的摄影机整个挡住……现在我只能通过小小的手机屏幕播放给你看了。"

他的一字一句都充满了失望的语气，看着眼前手机上一幕又一幕的片段，我的泪水早已不听话地流下，看到他傻乎乎的样子，让我又哭又笑地觉得：眼前的这个男人好真实！接着他掏出早已准备好的婚戒，跪在我眼前说：

"你可以给我一个机会让我照顾你吗？"

这么感人的时刻，我却敷着面膜、穿着睡衣，如同一个大婶般的模样，让我不禁挂着感动的泪水哀号：

"哪有人这样求婚的啦！！！"

此时此景要真的被他录像成功，我这辈子绝对不会跟别人分享我的求婚影片！！！

就在我觉得害羞感动时，修先生懊恼地说："我真的觉得我把这重要时刻搞砸了，如果你想要拒绝我也没关系！下次我一定会准备得更完善。"

看着这个男人满脸困窘的模样，我偷笑反问他：

"如果我真的拒绝，你会失望吗？"

他说："当然会……但我尊重你的决定！可是你可不可以不要把戒指还我，先放在你那里保管，不用戴上！"

眼前的他紧张到脸红脖子粗，这好笑又可爱的模样，让我立刻拿起戒指戴上！

"我愿意成为你的女人！"就在这个呆呆傻傻的情形下，我答应把我的一生托付给这样一个真实的男人！

　　我当然可以让他再来一次求婚戏码，但我怎么可能忍心拒绝？！他的真实是我在乎的重点，浪漫还有长长久久的一辈子可以制造，不是吗？

戴上戒指、登记上彼此的名字，我们结婚了！

Chapter 2
雌雄同体

c h a p e r

t e

3

Chapter 3

天使到来

会叫 Angel 这个名字有点好玩，其实大女儿的英文名字是 Angelina，这源自我喜欢的好莱坞女星 Angelina Jolie（安吉丽娜·朱莉），我喜欢 Angelina 对弱势的关怀与爱的付出。但小学一年级时大女儿就跟我抗议要改名叫 Angel，因为她觉得 Angelina 念起来太长，很麻烦，所以她自己跟老师说："我叫 Angel！"

她确实也是 angel，她是我生命中出现的第一位天使，我的生命因她而完整，这份感动从看她出生后的第一眼，至今没有改变过。

我的大天使

　　对我而言，Angel 确实是上天派来给我的天使无误！其实婚后我就已经知道进入了一段自己不是太适合的关系当中，从怀孕到生产。因为沟通欠佳、了解不够，所以在我最需要呵护时，少了这份关怀。Angel 的出生就成了我每天最深的期待，更是我心灵上最大的寄托，还在我肚子里的她，就是平衡我焦虑愁苦的最佳甜蜜来源。

　　每当我不开心的时候，看着这张无邪的天使脸庞，总有一种难以言喻的疗愈效果。一年一年地，从照顾她、陪伴她，到看见她会自己摇摇摆摆地走路，我仿佛看见年轻时期母亲的双眼，用一样的爱与依恋投射在孩子身上，Angel 回应给我的温暖、拥抱及笑容，也让我深深知道，我们母女成为彼此之间谁都无法取代的依靠。

　　陪着 Angel 的幼儿成长时期，我们母女最常玩的就是角色扮演游戏，爱唱唱跳跳也爱模仿的 Angel，也是我们家最好的润滑剂。

还记得那时候的家是三层楼房，我可能在三楼处理家务，Angel 自己在二楼玩具间玩，一段时间没听到 Angel 的声音，我就不放心地下楼查看，看到 Angel 在二楼的浴室，正拿着我的敷脸霜涂满全脸，她看见我就说："妈妈我也要跟你一样，漂漂地敷脸！"我笑了，她天真无邪的小脸，天使般的一颦一笑，真的可以让所有的忧烦全部消除。

失去的要多努力才补得回来

经历分离撕裂后的母女重聚，我们在等待离婚官司的过程中，在美国住了一段时间。

有一天我看到 Angel 在住家一楼骑着脚踏车，跟邻居的阿姨聊天，我好奇地问她聊些什么，她告诉我她正在跟这个阿姨自我介绍说："爸爸和妈妈离婚，今天我来住妈妈家，明天我就要去住爸爸家！"

当时不到三岁的她，或许不那么清楚她的爸妈到底经历了什么，只知道爸爸和妈妈从此不会住在一起，在稀松平常的热情跟邻居介绍着她自己的童言童语中，我莫名地涌起一股辛酸，怎么小小年纪的她已经会用 divorce 的英文单词来形容我们的状况？

Angel 曾经跟我说，她偷偷许了一个愿，长大后想买一栋大房子，爸爸的家庭住一层，妈妈的家庭也住其中一层，爷爷奶奶则住在另一层，万一有一天爸爸妈妈老了走了，她会把我和爸爸的骨灰偷偷倒在一起，埋在一棵橄榄树下，让它生根、缠绕在一起。

这些孩子的话，每每让我的心揪在一起，我总在内心告诉自己，等她长大一些，我会慢慢让她理解，我们的分开是为了让彼此能够去过更适合自己的生活和追求属于自己的快乐。

　　现在我和她爸爸都各自有了新的人生，Angel 也没再提起过当年的这个愿望，虽然她可能会把这个愿望藏在心底。因为她总是很大气地分别给我们各自的另一半写卡片感谢他们的存在，带给我们丰富的生活与快乐，表示她现在可以理解大人世界的不完美。她这样的成长让我觉得欣慰，但有时仍然会心疼这成长所付出的代价。

上天给的悲喜剧本，自己怎么诠释

我曾有过一段众所皆知的跨海离婚官司，那段日子真是我人生最艰难、最混乱的时期，当时彷徨无助，只能用时间和金钱换取空间。现在想想，我仿佛把那段过程冻结如冰地封锁在记忆的某个角落，可以说是逃避，也可以说是自己不忍面对满目疮痍的过去。

因为这个人生剧本不是我想要的，而自己却走成这种局面，后悔吗？只能说无奈，只能说这也是对我生命的考验，这考验最大的不是失去，而是失而复得的相处之道。

曾经被迫分离，当 Angel 再次回到我身边，我用尽了全力去爱她，想要把失去的时光补回，加速填满我们的缺口，恨不得钻进她的心里，让她知道我随时在她身边，感受我弥补的这些爱有多真实，只要她想、她要、她开口，我几乎全满足她，但这样是对的吗？很明显地，分离恐惧及弥补式的爱，的确对她造成了一些影响。

一开始是从 Angel 的画中看出来的。那段时期她画里的人几乎都是笑着流下大滴的泪水，甚至还有些黑暗拉扯的图像，一个阳光的孩子涂鸦不应该是这样！

贾如幸福慢点来

图像是孩子安全感的反射，看她的画，当时我的心真的揪成了一团！加上刚回来的那段日子，只要她有不安或生气的情绪就经常躲在衣柜里面，自己跟自己对话，要不就是脱口而出"想出去被车撞！"当她生气或愤怒不知道怎么表达的时候，她就会用这样极端的话语来传达。

当时我很无助地找学校老师了解 Angel 的状况，发现在学校里的 Angel，表现得很开心、很活泼，完全符合她这个年龄的正常孩子的表现。寻求过专家的分析后，才发现她可能是想用这种方式来宣泄自己的情绪，因为我给她的安全感，让她可以在我面前肆无忌惮地宣泄。

我知道得找到方法引导她，让她安定下来。这段时间，为了 Angel，我推掉绝大多数戏剧工作，让自己几乎成为全职妈咪，同时也开始沉淀，思索与学习如何抚平 Angel 曾经受到的心灵创伤，我必须让自己和她都能面对这个事实。

在这些困境里面，学习是很强大的动力，我甚至去上过父母成长的课，有了这些知识作为基础后，我决定不逃避、不遮掩，用健康和坦荡的态度来重新教育女儿父母离婚这个事实。

那段时间我最常给 Angel 读两种绘本，一是《我有两个家》，另一套是一些情绪表达的绘本。《我有两个家》是让 Angel 知道，爸爸、妈妈虽然个性不合，不能住在一起，但我们不希望这样的关系让她觉得失去了什么，她仍然拥有我们最完整的爱。我虽然心里清楚，没有一个孩子不希望自己的爸妈在一起，但即使是孩子，也需要学着面对现实，学着接受，并调整自己的心态。通过书中的故事，我和她分析、讨论，小小的 Angel 似乎渐渐明白了。

我确定这个方法有用，是通过一次 Angel 去同学家玩，这位同学因为爸妈吵架，以为爸妈要离婚很沮丧，结果同学的爸妈在门口听到 Angel 用这个绘本的故事安慰同学，她说："这有什么，我给你看这个绘本，我从小就在看，就是我有两个家，我有爸爸家还有妈妈家，爸妈都很爱你，你很幸福耶！因为你会有两个红包、两份玩具！"

听到 Angel 的回应，我感到又宽慰又好笑，心想：两个红包？这孩子好像画错重点了吧！殊不知 Angel 是想用幽默的方式来缓和同学悲伤的心情。她接着描述了绘本里的故事，然后拍拍同学说："你放心，你会有很多很多爱，大家都爱你！"这一幕让做母亲的我不禁骄傲了，因为 Angel 不但把我平常灌输的观念放进心里，还模仿我说的话去开导同学。

另外还有一个情绪控制的系列，则是因为眼见 Angel 表达情绪的方式都很强烈，觉得不是好的现象，所以我花了很多时间去了解、找资料，发现坊间已经有很多书籍可以提供给父母当作教育的工具，用故事的包装来教导如何处理情绪，甚至可以通过书中拟人设定的角色，让孩子愿意分享她现在的情绪。

贾如幸福慢点来

这些教材给了我很多的帮助，让当母亲后才开始学习怎么教育孩子的我，得以找到方法与 Angel 一起度过她所经历家庭变动给她带来的情绪起伏时期，找到安定的力量。

陪着她与她一起成长

不可否认，父母离婚后，小孩要面对的是两边的大人，这是大人造成的结果，所以大人更有责任照顾好孩子的心灵。Angel 好不容易接受了父母离婚分别两地，同时也适应了我和修先生的关系，又要面对爸爸再婚。刚开始 Angel 内心是有被影响的，她也用了很特别的说法来表达她的不悦，她说："如果你和我爸爸再各自结婚，那我们就是外人了。"

刚听到这句话，我不太能理解她的逻辑，后来仔细想想，应该就是我们三个人分散不属于同一个家庭，对她而言，我们就不是一家人了。

我理解她的心情，所以更知道在她身上，我需要给她最大的安定，我试图让她了解每个人都有权利选择自己要过的生活，而我与她爸爸都选择各自展开我们需要的家庭生活。并且告诉她："我能明白你的不舒服及失落感，但是宝贝你不孤单，虽然有裂痕，但我相信用爱就能填补这裂痕的不完美，而我与你爸爸永远都是最爱你也是最支持你的原生父母，我们的地位无可取代。"

经过七年的时间，我努力实现陪伴在她身边的承诺，而 Angel 也
很清楚明白我对她的爱是全然付出的，她还用"你是比一百分还要好
一倍的妈咪"来形容她的幸福！

这些年我们最亲密的时刻，就是睡前时光，虽然现在的她已步入
青春期，但还是会突然抱我一下，偷亲我一口，然后小小声地说："妈
妈我真的很爱你！"简简单单的一句"我爱你"，让我觉得再多的付
出也都值得了。

转眼之间 Angel 长大了，也进阶成了美少女姐姐，但我心目中
Angel 亲手绘制的卡片，仍然是我在特别的日子里最期待的书简！

最近一次母亲节她写道："妈咪，谢谢你那么辛苦照顾我们三个，
我真的很幸运，因为你不像其他的妈妈，生到第三个只会照顾小的就

不理大的，你还是全心全意照顾我，我很谢谢你，I love you！"

　　虽然这写法很单纯直接，但却写出了她的真心感受。

　　妈咪也爱你，我的 Angel！ Love you, always！

我们永远的天使。

是我的女儿，更是两个妹妹的小妈妈

想都没想过相差 10 年，我还会有一个女儿咘咘，更没想到她如此的备受关注，对于过去 10 年单独享受着我宠爱的 Angel 来说，她可能会想："妈妈爱哪个女儿多一点？""妈妈是不是偏心？"这是我曾经最担心的问题！

事实上咘咘的出现，的确曾经让姐姐有些不自信，因大众及媒体的喜爱，让咘咘成为大家口中的萌娃，她的一双空灵大眼睛，真的很吸引人。Angel 当时老觉得自己没有妹妹漂亮，我们时常告诉她每个人都有自己的优缺点，要多看自己身上的特质，我们也常常赞美她：完美的身材比例，一双迷人长腿，还有一身不需要刻意去日光浴的小麦色肌肤，都是上天赐予她得天独厚的优点。

我相信每个人都喜欢被赞美，当我们把她最在乎的优点放大，不停鼓励她，自然而然信心就会重回她自己的怀抱。

但另一方面，Angel 又对于自己是咘咘的姐姐这件事觉得很兴奋、很与有荣焉！还来不及算计这个妹妹是否会来瓜分妈妈和家人的爱，就已经抢着要照顾这个小她 10 岁的娃儿！还一边计划着要教妹妹英文、帮她纠正发音等等。而咘咘也很崇拜姐姐，每次看着姐姐在面前跳舞就会开心地拍手、大笑，让 Angel 超有成就感。

有时候我带着女儿们参加朋友之间的亲子聚会，Angel 总是很主动地担任照顾妹妹的角色，分担我的工作，而且还陪朋友的小孩玩，我的朋友都对她有大姐风范赞誉有加。

其实咘咘跟 Angel 刚出生的时候长得非常像，每次咘咘看到姐姐小时候的照片，都会指着照片喊："咘咘！"虽说咘咘是 Angel 的妹妹，但某些时候 Angel 更像是"小妈妈"，比如 Angel 每天放学回家第一件事，就是要先逗逗她的"小孩"才心甘情愿去做功课。当又一个妹妹 Bo 妞出生，Angel 早上上学前也必定先去巡视一下这个 baby 妹妹，哄哄抱抱一番，在两个妹妹面前巧妙地上演"长姐如母"的戏码！

我记得有一次因为临时要去买菜，就让 Angel 帮我照看已经睡着的咘咘。睡到一半咘咘哭了，Angel 发现妹妹是尿湿了需要换尿布，于是七手八脚地帮妹妹换尿布，但毕竟 Angel 也是孩子，在换尿布的过程中，咘咘的衣服也湿了，于是这个"小妈妈"又帮妹妹换了衣服。我进门的时候看到 Angel 抱着正在哭的咘咘，我以为 Angel 只是在哄妹妹，事后聊起这件事情，才知道 Angel 不仅能干地换了尿布，还帮妹妹换了整套衣服，果然是"小妈妈"！架势十足啊!

　　对刚出生的最小妹妹 Bo 妞，Angel 则把她最擅长的卡片作为给小妹妹的第一份礼物，卡片内容大致是提醒妹妹怎么去经营人生，鼓励妹妹要正面阳光，成为一个开心的人!

　　那口气十分像大人，每一次读 Angel 写给家人的卡片，都令我发现孩子的另一面，感觉到她已经有了超乎我预期的成熟了，只有在最爱她的妈妈面前永远长不大而已。

随着 Angel 长大，有时候她连对我都像个"小妈妈"。Angel 眼中的我很迷糊，手机常常忘了放哪，眼镜戴在头上然后四处找眼镜……诸如此类发生在我身上的生活迷糊经常上演，所以她常常反过来叮咛我别忘了这个那个的，照顾着我呢！

当然， Angel 对于保护她母亲不受批评侵犯，也不马虎的，即便是像我的经纪人、助理这样亲近的人。有一次经纪人开玩笑说我好胖，不小心被她听到，她立刻气到掉眼泪；还有一次 Angel 跟某个亲戚聊到我会教导她做英文作业，对方露出质疑的眼神，觉得我的英文有可能好到可以指导英文班的 Angel 吗？一听到这样的怀疑，Angel 就立刻反击，跟对方说："你又不是我妈怎么知道她不会？你干吗这样讲我妈妈！"侠女魂立刻上身。

每当我出门工作，Angel 甚至还会提醒我："妈妈，你要小心，要保护自己喔！"其实这些千叮万嘱，也是我常常挂在嘴上提醒她的话，每每让我感到超暖心！

贾如幸福慢点来

我的三个天使。

Chapter 3
天使到来

毕竟 Angel 也还是要大不大的双子座女儿，可以在妹妹面前像个大人，但一回到我身边又变成爱撒娇的宝贝女儿。我妈和修都经常跟我告状，说只要我不在家，孩子一定照表操课，自动自发该干吗就干吗，但只要我一回家，女儿的发条就自然"秀逗"，所以我只能再三碎碎念。母亲唠叨三宝没停过，不先洗澡、不吃饭、写功课拖拖拉拉，竟然是因为我在家这些宝贝女儿才这么不受控，所以我也只能自嘲："原来我才是家里的乱源！"

　　关于一开始我对 Angel 可能会不适应有妹妹的担心，若以我的自身经验来看，离婚家庭下的孩子难免比较敏感，但我相信只要能多照顾到孩子的情绪，让孩子感受到父母对她的爱不减反增，我相信孩子非但不会不快乐，反而可以是自己的小帮手呢！

Chapter 3
天使到来

贾如幸福慢点来

与双子座 AB 型的两人六角

　　说句实话，对我这样大女儿已经 10 岁了、二女儿咘咘才刚出生的妈妈来说，几乎是随时处在转换频道的状态，才刚童言童语哄完咘咘，转身又要头脑清楚地和青春期的女儿斗智，有时不免也有些错乱。

　　如同我前面所说，对于 Angel 我有着强烈给予的爱，但这种近乎满溢的爱，碰到青少年期的孩子，却面临很大的考验！前一分钟我还在为她说的话或举动气得七窍生烟，下一分钟她却像个没事人一样，这就是我的大女儿——双子座 AB 型的典型行为模式。

　　有些双子座 AB 型的朋友都警告我，这样的星座血型组合必须要严格控管，因为他们太爱自由了，如果不树立一些条例、框架，他们会漫无边际。

　　这些叮咛我当然会放在心里，但对 Angel 我始终铁不了心。可能因为"失而复得"，我为了弥补失去她的那段时间，而尽可能地满足她的需求，无论是物质上、心理上还是陪伴上。

但是现在看来，爱的给予如果不能有所为有所不为，其实是会失控的。孩子越大我才越体会到原来爱不是无节制地一直付出，而是需要懂得怎么给，收与放是门高深的学问！

我得先承认我不是虎妈！该怎么定义我是哪一种妈呢？温柔似乎说不上，根据家人和自己的归纳分析，似乎我也不得不认同我是一个"没原则"的天秤座妈妈！

怎么说呢！最常见的就是，我明明禁止 Angel 边吃饭边看手机，但每每前一句"不要边吃饭边看手机"的训斥才出口，就被女儿接话："妈，再看五分钟就好，我今天在学校听到一首歌好好听喔！"然后我就像被施了咒语，转而附和地问："真的吗？哪一首？"接着就跟着女儿一起听起音乐来了，还会忍不住说："真的蛮好听的耶！"

贾如幸福慢点来

长腿姐姐有许多天生的优点。

修先生有时事后会提醒我："你的原则到哪去了？"可我就是会找出"哎呀，孩子刚放学，让她轻松一下没关系啦！"之类的理由来作为我妥协的借口。

说真的，在我心中，原则是有等级差别的，孩子很聪明，很清楚妈妈的底线在哪，而对于哪些妈妈又是可以睁一只眼闭一只眼的！吃饭看不看手机，我觉得或许不需要那么严谨地说一不二，但如果孩子碰触到我的底线，我就不会轻易妥协。

严格讲起来，价值观是我最重视的教育，所以我不允许我的孩子动不动就跟人比较！不论是比较同学之间的物质条件，还是比较爸爸的家庭和妈妈的家庭的管教方式等等，都是我在教育孩子建立价值观时特别重视的。

我想起一个关于比较的笑话，因为不希望孩子过度使用 3C 产品，所以给 Angel 手机时，上网我有设定用量，希望她养成在有 WiFi 的地方尽量用 WiFi 的习惯。但有一次，Angel 超过我给她设定的标准，手机费用暴涨，我提醒她并给她一次修正机会后，费用还是偏高，于是我决定取消她的手机上网费用，这决定当然引起孩子的大反弹，跟我争执一番后，发现不可挽回时她丢下一句："算了，但是我同学都有'司机'！"

听到这话，我除了生气还觉得伤心，但我隐忍下来，先回房间跟修先生说这件事。"我明明跟她说'手机'，她却跟我说她同学有'司机'！这是怎么回事？我最怕孩子比较了，我已经给她够多了，比较是比不完的！"满腔怒气和失望让我忍不住喷泪，修先生见状带我出门散步，让我缓和情绪。隔天，我觉得还是应该跟孩子讲清楚，于是决定主动跟她谈谈。

我告诉她我很难过，因为她拿自己去跟有司机接送的同学比较，从她上学以来，不是我就是修先生亲自接送她，为什么还要羡慕同学家请司机？我们就是她的司机呀！没想到 Angel 一头雾水反问：

"妈，什么司机啊？我是说 4G 啦！我才不会比较那个，我的意思是同学都能上网！"听到这个我顿时心里大笑，原来是我自己听错！但还是回了一句："不管，那也是比较！"好啦，我承认有时我真的很"天兵"。

我和大女儿相处，哪怕白天再多冲撞，晚上睡觉前也一定要和解！我喜欢睡前到她床边抱抱她，跟她说："我爱你！"然后和她躺在床上聊聊天，因为只有那个时间没有手机、没有音乐，没有其他的干扰。她也最放松，会打开心房跟我聊这一天学校的事情、同学的八卦，我也可以趁着这个时候跟她分享对她未来规划的想法、希望她调整的行为等等，这时候的她就是在吸收，真正是天使！

当满满的爱真的满到溢出来的时候，就要学习怎么给爱！速度太快，没有拿捏好，对孩子也会是个负担！对我来说，要收起笑脸开始对 Angel 说这不行、那不行，这样放与收之间的拿捏，确实不容易！但作为父母，不能怕关系紧张或影响气氛，就算了不说了。所谓教养，就是要养也要教，母女之间每一次争吵和拉扯之后，第二天其实会回归平日的互动，适当的时候我会问她："最近妈妈管你那么多，会觉得妈妈失控吗？"只要 Angel 一句"我知道你是为我好，我都知道，不会生你气的！"我也就放心释怀了。

溺爱与宠爱只有一线之隔，过去孩子对我予取予求，可以任性地做自己，但当孩子来到叛逆的青春期，偶尔紧张的母女拉锯关系，虽然时常令我费尽心思，但我相信 Angel 百分之两万了解我对她的疼爱，我在爱与管教之间，仍然继续努力学习平衡。对叛逆期的孩子教育，我还在学习的路上。

贾如幸福慢点来

"天兵"妈妈与双子女儿，生活中总是很热闹。

关于放手的学习

今年（2017年）12岁的Angel要升国中了，在决定升学的关键期，考虑到希望孩子能具有良好的世界观和眼界，和女儿讨论并了解她的心意之后，决定让她赴上海念中学，这个决定迫使我不得不再一次面临和Angel的分离。虽然不舍，但因为很清楚地知道和Angel之间累积了深厚的感情，只要对她的未来是好的，再次离开不但不会让我忐忑，还充满了母亲的祝福。

"你觉得妈妈是个什么样的妈妈？"我最近问Angel，她回我："我妈妈很善良、乐观，有点呆，喔，最近可能又多一个优点——伟大！"因为Angel好不容易回到身边，我却可以理智而冷静地和她就前途来讨论放手的课题，这点让Angel不禁佩服！

母亲一直对我安排Angel远赴上海升学感到不安，但是经过这些年的相处，我有自信，也信任Angel不会因为求学需要的一时分别，让这些年母女关系的培养前功尽弃！而且和Angel讨论时，她提到她陪在我身边七年，但爸爸和爷爷奶奶也是她的家人，是时候去陪陪他们了！女儿能够有如此懂事的想法，做妈的当然应该欣慰啊！

　　分离是人生无法避免的课题。前阵子 Angel 的同班同学因发生意外而过世，这位同学跟 Angel 平时感情不错，发生这件事，Angel 第一反应是很震惊，虽然当时学校派出辅导老师给予全班心理辅导，但我难免还是很担心，不知道孩子能不能处理这样的生离死别。

贾如幸福慢点来

当时全班同学要录一段话在告别式上送这个孩子，Angel 在家录音时说："很想念你，还觉得你仍在班上……"但却边录边笑出来，对于她的反应我很惊讶，再三提醒她这个影片会在告别式播出，希望她好好想想怎么表达，于是要求她重录。来回录了三次，Angel 才忍住笑好好地讲完。

录完后我问她："这件事妈妈听了都难过，为什么你会想笑？"她回答我："妈妈，我也不晓得为什么，我有时难过的时候反而会想笑。"

天呀！我真的觉得 Angel 是个压抑的孩子，她有时真的会笑着流泪，这也是她处理悲伤的特殊方式。我能理解这笑容背后是想压抑的难过的心情，我知道这让她很不好过，无奈的是离别这课题是所有人都需要学习的，只是早或晚！Angel 虽然还不懂得如何隐藏情绪，安静地让时间治愈离别的伤痛，但她已经比我想象中要坚强得多。

通过这些与她相处之中的点滴，我对女儿的了解越透彻，越对她有信心，更加觉得不能够因为自私地想要占有，而不学着对她放手，虽然我自身也需要学习如何在分离后自处，但这是一个母亲必须放弃的自私占有吧!

至于要去适应新环境，我则毫不担心，双子座 AB 型的 Angel 从小适应力就很强，青少年时期换环境的适应不良问题，从来不需要我担心。反而对于新环境她会有着充满好奇的雀跃和兴奋，从我们讨论着赴上海读中学开始，Angel 表现的都是积极地和我讨论新环境如何，该准备什么。这中间虽然有犹豫，考虑该不该去上海，但我只跟她说："决定好就去做，不要反悔。"其实这个新环境也并不陌生，对于这样的变化，我一点也不担心。

离婚家庭下，如果父母是共享监护权，孩子势必会面临两种不同管教方式的差异，但另一方面他们也特别能适应各种生存环境，懂得配合不同环境的要求。Angel 在想要自己做主的意识下，做任何有关她人生未来的决定时都会感到矛盾挣扎，而我的想法是，父母只能用引导的

Chapter 3
天使到来

方式正面地和孩子沟通，并且通过一些对于生活规划的具体讨论，不断坚定孩子转换环境就学的决心，做出决定后，要选择尊重孩子。

我想我能做的，就是万一孩子实在不适应新环境时，让她知道，无论如何，母亲永远张开双臂等待拥抱她。

飞去上海几次，忽然发现这个在我身边会肆无忌惮撒娇的小女孩，长大了好多。我很庆幸自己的放手是对的选择，虽然思念的苦时常在心中出现，流下几滴相思的泪水，但收起这份思念之情，我相信这样的安排对孩子是正确的。

这样的分离让我们彼此思念的心变得更没有距离，她的贴心与换位思考变得更明显，甚至少了以前的压抑，更懂得表达出她每一个情绪。每次的相聚过后，最让我感动及不舍的是她对我思念的眼神，没有了在我身边倔强锐利的态度，而多了温暖的心疼，一句"谢谢你飞来陪我，我真的很想你，我知道你还要照顾咘咘和 Bo 妞，妈妈你辛苦了！"不用多说，就让我的泪水流得很值得。

Chapter 3
天使到来

C h a p t e r

4

Chapter 4

我的星星、月亮、太阳

小时候有没有玩过把手掌打开用力拍一下，然后立刻握紧，按压手掌中间的肉肉，就会看到凸显出来的小肉球球，这就代表你会有几个小孩？不知哪来的玩法，但到现在还在流行，我有三个小孩，手腕间的小肉球球也清楚呈现，是巧合也是缘分。

温暖热情与安静平和

从小就很羡慕有姐妹的家庭，很庆幸现在自己有三个宝贝女儿，尤其是 Angel 与咘咘的互动相处，更让我觉得上天安排这差了 10 岁的姐妹，又来自不同的父亲，怎么可以有这么多如此相像的地方？

有时看着咘咘好像时空交错，仿佛又回到 10 年前的场景，她们姐妹俩如同我生命中的太阳与月亮，穿插、交替着这两个角色。她们同时拥有太阳的温暖热情，也有月亮安静平和的特质，她们也在彼此身上看到崇拜羡慕的眼光，很奇妙！

而这对相差 10 岁的姐妹，在一起的互动常常让我觉得这些画面好美好温暖，好想每时每刻都记录下来。

当我得知生命中有第二个小孩的那一刻开始，我就花了更多的心思与 Angel 沟通准备，生怕一点疏忽不当造成 Angel 的失落。但如同小太阳的她，出乎我意料地喜悦与兴奋，对于家庭有新成员即将报到，她天天都充满好奇，期盼妹妹的降临。

咘咘的出生其实是有些小小的磨难，我在孕期的最后一个月因为自认体力不差又好客，就独自采买食材，一人提重物，结果到了晚上就开始宫缩，进医院检查有早产迹象，也就这样被留院观察。我不得不说有时真的不能太固执，怀孕该有的注意，尽量乖乖遵从吧！

　　咘咘刚出生的样子真的有点吓到我，因为挤压的关系，她的小脸有些淤青，而她的气息又如同生病的小猫，微微弱弱地"啊……啊"，跟生 Angel 时的状况真的差了很多。第一眼看到咘咘，打从心里觉得她是个不健康的孩子，做妈妈最担忧的事情就是孩子的健康问题，还好这一切都只是我的多虑，这个小家伙原来是个不折不扣的健康"小皮蛋"。

贾如幸福慢点来

Chapter 4
我的星星、月亮、太阳

咘咘出生的时候 Angel 正好在美国参加夏令营，所以并不在我身边。当她第一次看到咘咘，咘咘已经出生半个多月了，当时我还在月子中心，所以 Angel 只能隔着一层保护罩看着妹妹，即便是这样的情况下，Angel 还是兴奋不已，迫不及待地想要抱抱妹妹。

在月子中心的后半个月，老实说我没有乖乖安分地躺在床上坐月子，因为担心着 Angel 的日常，所以几乎每天都回家陪伴着她，每天也都被母亲赶回去要我安静地休息，要我不要操心这么多……这说得容易，但做起来真的很难啊！相信有两个以上孩子的妈咪，一定懂我对老大放心不下的心情。

在此刻我不得不说，这两姐妹真的很贴心，咘咘从出生开始就打算当个不吵不闹的无声小猫，该吃该睡完全照着规律走，自己的生理时钟准点到不行，在我这个那个忙碌两边跑的时候，她真的没让我多操心过哪怕一刻。

Angel 除了像我没记性忘东忘西以外，其实她真的算是独立有想法的孩子，也可以说是天马行空无厘头的双子女孩。自从有了咘咘之后，她就开始跟我讨论她将来要生几个小孩，要自然产还是剖腹产之类的话题，甚至还讨论到孩子要我来帮忙带的想法……我只能说 Angel 的小脑袋天南地北想的东西，有时真的让我哭笑不得。

贾如幸福慢点来

咘咘从一出生就受到大家的关注，所有关注的眼光、赞美及鼓励，从来没有停过，还记得录制大陆节目《妈妈是超人》时，她还不到一岁，但是她的超强适应能力让我格外讶异。因为录像需要，好一段时间经常有一大群人在家里走动，工作人员常常会讲话逗着她玩，她一点都不哭闹及怕生，不知道这种互动是不是也造就了现在的咘咘非常热情好客，乐于和大家分享她的情绪，甚至现在家里有客人，咘咘也总是在客人要离开时主动跟客人说："抱抱……掰掰……"她的不怕生以及镜头下的表现，让我们真心觉得她是个充满自信的孩子。

狮子座爱面子的她，倒是小小年纪就已经充分展现出喜欢接受赞美、不想示弱或被人看到自己犯错，都是咘咘典型的狮子座特质。还记得从小她自己如果不小心打到头，或是知道自己做了不该做的尝试，她也不哭不闹，都只会小小声地"啊"一声，然后用她水汪汪的大眼睛环顾四周，看看有没有人发现她的窘态，而我们也刻意装作没有注意。跌倒或在床上蹦蹦跳跳不小心掉下床，都是常有的事，通常我的处理方式就是稍微瞄一眼看有没有什么大碍，然后就装作没事，既不会立刻冲上前抱抱，也不会紧张地"哎哟"大叫，通常她就会觉得跌倒没什么大不了，站起来拍拍跌倒的地方就没事了，这样一来她的面子也给她顾得好好的。

乖巧的她更是个"指令型"的小孩！对于脱离婴儿期的孩子来说，探索，是非常重要的开始。咘咘是个很谨慎的孩子，大致上说她很少暴冲，对于新鲜的事物都采取先观察再行动的方式来面对。除非真的涉及生命安全的举动，一般我们都会让她自己去摸索，在旁边淡定陪伴不会加以约束，但对于有些行为我们就会用重复不断的叮咛来加大她对要注意的事项的重视。

比如咘咘在婴儿安全座椅上吃饭，久坐没耐性想下来，现在已让我们训练接受"哭哭没有"的原则，虽然有时忘记，还是会小小哭闹两声来索取她要的东西，但我跟修先生会谨守原则异口同声跟她说："要什么，好好说话。"于是她会收起假哭的眼泪用甜美的声音说："妈妈，我要下来，好吗？谢谢。"

通常当她一连串地表达完她要的目的，我与修先生都会忍住发笑的情绪达成她要的结果。

咘咘真的是乖宝贝，我们也很庆幸我们坚持的原则是对的。对于孩童时期的安全真的是需要多费心思教导，同时也通过教导让他们知道如何保护自己。

说到咘咘做错事罚站这件事，我就不禁要摇摇头了！她实在太精明也太容易用她的优势——"天然萌大眼"看着你，来让我们忘记要对她的处罚。当第一次做错事被我们命令罚站，她二话不说乖乖站在墙壁前面动也不动，但不到 30 秒她就开始不安分地左看右看，那调皮的大眼仿佛是在期待大家赞赏地看到她乖巧地站在那里，一点也不害怕。

我在想咘咘应该是觉得罚站一方面是件好玩的事，一方面又知道是自己某个地方犯了错！但对她来说好玩的成分大过一切，你们说她怕吗？

咘咘的甜点课

第一次的甜点课，既是灾难又甜蜜，完全以造型取胜！

彼此环绕的姐妹

鬼灵精的咘咘一向崇拜比她还鬼灵精的 Angel 姐姐，喜欢跟前跟后当只可爱的跟屁虫，这已是每时每刻必做之事，但有时候碰上姐姐放学回家忙碌赶作业时，不让她进房间、不让她碰东西，咘咘也很懂得在关键时刻离开，只会嘴里念着："姐姐会生气，我怕怕……"然后当个乖宝宝，离开 Angel 的视线范围，不会耍赖或哭闹。

有一次咘咘拿了姐姐的蜡笔去玩，Angel 看到，大声跟我抱怨说这两支笔是她画衣服的，颜色是她最喜欢的，怎么让妹妹拿去乱涂？但是碎碎念完看着咘咘，又叹口气说："算了，看在你是我妹的分上，送你啦！"于是咘咘开心地说："谢谢姐姐！"就欢欢喜喜咚咚咚地跑走了，看到她无辜的脸，全家人似乎都无法对她真正发脾气啊！

不过如果就此把咘咘看成是头温和的小狮子，那就大错特错了！我观察出咘咘属于不动声色型，当她觉得有被攻击或被侵犯的感受时，她不会立刻反击，而是在对方毫无警戒的情况下出击，毫不吃亏。

Chapter 4
我的星星、月亮、太阳

还记得有一次和我侄子一起去公园玩，在一个城堡的门前，我侄子只是调皮地推了咘咘一把，我跟他说要小心不要推妹妹，会受伤。侄子是个调皮的小男孩，对我调皮地笑了笑就跑去堆石头，没多久就见咘咘默默地靠近他，冷不防地抓他的脸、咬他的手，加倍奉还，那头凶狠的小狮子才真的不好惹。

　　最近很喜欢带着咘咘逛传统市场，我看着修先生一手抱着咘咘一手拉着菜篮，跟咘咘说着猪肉摊上一块块摊着的猪肉部位，或解释鱼货摊上各种品种的鱼，我觉得又好气又好笑："爸爸，你可以不要破坏女儿心目中卡通猪或鱼的形象吗？" 倒是修先生觉得，这就是真实人生，随着成长也要认识生活里的真实！

Chapter 4
我的星星、月亮、太阳

贾如幸福慢点来

跟随太阳与月亮的小星星

再说到我们家那颗闪烁耀眼的小星星 Bo 妞，虽然才刚报到不久，但她的出现也让两位姐姐有了细微的变化。

Angel 因为离家读书，跟 Bo 妞相处的时间较少，但对她却时常挂念，直说好想她，或许姐妹之情够深吧！

也或许 Bo 妞是老三，知道家人不可能把所有焦点都聚集在她一个人身上，所以 Bo 妞有她非常独特的生存之道。

小小的她，精力旺盛，不爱睡也舍不得睡，因为这个世界这个环境对她来说太新奇，从小陪伴她的除了我跟修先生，当然还有把她当成小宠物对待的姐姐们。也因为我们忙碌，所以老妈、公司同事及好友们，只要有空都会轮流帮我们照顾她、陪她玩，小小年纪的她已经对送往迎来、川流不息的人群不陌生，甚至才六个月，她就已经不安于室，每天睁开双眼就会用眼神表达她想要出去的欲望。

之所以会把她比喻成那颗闪烁的星星，是因为她如同我们家的亮点，全家人时不时就会被她的光芒吸引，多看她两眼，不由自主地多亲近她。她也在日渐茁壮中，看待这个世界的眼神，似乎每天都在变化，有时都觉得我们因为忙碌，好像错过了她些许的成长。

我在生 Bo 妞的第二天，修先生带咘咘来医院看我，医院的床都很高，她想爬上来让我抱，但不好爬，我又不能抱她，她倒也不吵闹，自己在旁边玩。我要下床时因为伤口疼痛，动作稍微艰难了一点，咘咘在一旁看到就用心疼的语调说："妈妈小心！妈妈慢慢！"那时的咘咘才一岁多，让我和修先生都好惊讶，觉得这孩子没人教也这么贴心。

其实咘咘第一眼看到 Bo 妞时，好像没有太大的感觉，因为婴儿室里挤满一群刚出生的 baby，大概咘咘会觉得这些都是她的洋娃娃吧！有一回我躺在床上陪她喝奶，一边陪一边看着她说："咘咘最棒棒，妈妈爱你！"才一岁多的她竟然拿下奶瓶，望着我说："咘咘爱你！"那一刻我的心好暖，嘴角忍不住上扬。

这样一个和煦如温暖太阳的孩子，是上天给我最棒的礼物了！我知道咘咘有好人缘，让她已经有了先天的优势，但她还非常乖巧、听话，稳定度高，带她去幼儿园看看适合的学校，校长说经过观察觉得咘咘是个非常有安全感的孩子，到新环境既不会紧张也不会拘谨，很难得，自在地在旁边玩，看得出爸妈花了很多时间陪伴孩子，才让她有这样的稳定度！

　　这就是我期待孩子能拥有的特质，在爱里成长的孩子，日后才会拥有更多的正能量来分享给世界上有需要的人！

全家一起期待小 Bo 妞的来临。

贾如幸福慢点来

我的星星、月亮、太阳

孩子都是一闪一闪亮晶晶

咘咘这名字是修先生在她还在我肚子里时就取好的小名，因为靠近听胎儿会发出像是"咘——咘——"这样的声音，修先生就说那就喊她"咘咘"吧！

而 Bo 妞名字的得来，则是因为她是咘咘的妹妹，咘咘又很喜欢 Bubble，想取一个相近的音，我们就从 Bubble 开始想，就想出了 Bobo，但我们的 Bobo 是个小妞，联想到我很喜欢的宫崎骏动画人物波妞，就定下了这个可爱的名字！

咘咘看到妹妹 Bo 妞的第一句话是："弟弟！"明明知道她是妹妹，但到现在还是会故意这么喊妹妹！每天起床第一件事就是说着："Bo 妞哭了！ Bo 妞哭了！"我们会说："Bo 妞没有哭！"但她也不理，跑下床嚷嚷着："Bo 妞哭了！ Bo 妞哭了！"

到了 Bo 妞的床边没看到 Bo 妞，她就说："Bo 妞不见了！"看到 Bo 妞了就爱蹭她，一直看着她，感觉得出来咘咘应该相当期待和妹妹一起玩家家酒、一起读故事书啊！

很庆幸身为小姐姐的咘咘是个稳定度高的孩子，我相信她的个性很适合带领妹妹探索世界，也相信她会以身作则当妹妹的好榜样！年纪相仿的两个宝贝呀，妈咪希望你们一直相亲相爱，成为彼此成长路上最贴心的姐妹，人生路上也要互相指教喔！

贾如幸福慢点来

贾如幸福慢点来

连爸妈都投降的模仿功力

这阶段的咘咘是最好玩的时候，也是模仿力最强的阶段！每天陪着她幸福得都不想出门了。

孩子的天真无邪常常诱发我的童心。我常会教她说一些有趣或搞怪的话语动作，她则会给家人取绰号，像是叫我"呆呆"，叫爸爸"酒鬼"，因为修先生喝一口酒脸就会红，有一次我开玩笑对咘咘说："你看爸爸脸红红，爸爸是酒鬼！"

这下完蛋了，从此每天起床咘咘就会嚷着："爸爸酒鬼！修杰楷酒鬼！"其实她根本不知道"酒鬼"的意思，就是发现她说"酒鬼"时，大家的反应很大，觉得好玩！此时的修先生，白眼已经翻到脑后，直说如果在国外他可能已经被抓去关了！

要不然就是学公司同事对我母亲的称呼："嗨，贾妈！"她也会跟着叫，让贾妈开心不已，模仿力超强！当然我承认我是"帮凶"，没有我这个妈咪的"推波助澜"，咘咘哪里懂得这些名词？但听着她的童言童语，全家人都从咘咘身上得到快乐。

　　父母的言行举止对小孩的影响真的很大，有时候不经意的举动，却不知不觉成为孩子模仿的模板。在 Bo 妞还在喝母奶的时期，每隔几小时挤奶成了我的例行工作，没想到咘咘在旁也学会了"挤奶功"，有一次一边学我挤奶，一边模仿着挤奶器的声音说："啊呲——啊呲——"修先生觉得好笑拿起手机要录像，但咘咘好像觉得不妙，自己不好意思了，看到爸爸开始拍就把手放下说："不要！不要！"

　　孩子的每一个阶段都让人惊喜，陪伴着孩子成长是多么幸福的一件事呀！她今天说了什么话、做了什么举动？感觉稀松平常的小事，在爸妈眼里都大得不得了，我喜欢这种简单却发自内心的幸福，也希望孩子们可以一直在这样的环境下安心地成长。

咘咘的穿搭

开始有主见，像是会自己选鞋子，不喜欢窄管的牛仔裤，可不知怎么着每次看到咘咘穿小洋装就觉得很怪，反而觉得简单的 T 恤短裤这种中性打扮比较顺眼！

天秤妈妈如何公平地分配爱

年轻时短暂地主持过儿童节目《神仙指头》，现在回想起来对于驾驭女儿们，可算是一大帮助，懂得用主持的那套夸饰法来吸引孩子的注意力，无论是说故事还是机会教育。

我现在每天的生活是在这三个孩子幸福的包围中忙碌着，朋友问我到底在忙什么，具体我也说不上，但总的来说就是很忙，招呼三个孩子还真的是分身乏术呢！我还蛮享受这种当妈妈的家庭生活，对我来讲跟以前很不一样，也很满足于享受当妈妈的快乐。

但对我来说，每个人的特质都不同，三个都是我的孩子，我在意的是要如何就三人的长处去鼓励和培养。每个小孩都有自己的路和自己的特色，有些人问我，在受到那么多人关注疼爱的咘咘之后出生的Bo妞，会不会有压力？但三个都是我的小孩，对我来说没有必要比较，公众人物的家庭和子女，既然都会被关注，就要承受外人给予较多的比较眼光，我不能控制别人的眼光和想法，但只能把自己的孩子教育成充满正能量的宝贝们!

　　大女儿 Angel 个性最像我，敢于冒险敢冲，十足是个小贾静雯野丫头！咘咘是胆子小，碰到觉得危险的事就裹足不前的小孩。但 Angel 从小就很有胆量，带她去海边看到海浪，她是不畏惧地朝海浪直冲而去的那种。我只怕她遇到危险，得小心翼翼别让她冲过头，完全不用怕她会裹足不前，这种很男子汉的性格一直到现在，连去上攀岩课我都看到这位大小姐一马当先，把其他男孩狠狠地甩在后面。就因为 Angel 的胆子大也勇于尝试，所以我更放手让她去不同的环境，吸收学习不同的文化及挑战，她也乐在其中。

　　Bo 妞才刚出生没多久，外形超像修先生的她，却有着跟老爸不同的性格。修先生常说，咘咘的外表像我，但个性像他，但 Bo 妞则相反，而且 Bo 妞还被 Angel 断定将来一定是三姐妹里面功课最好的！虽然不知道这位大姐从哪里看出来这特质，不过我想说的是，三个孩子有三种不同的个性与特质，作为一名母亲，除了让她们健康快乐地长大，同时也期许能根据她们的特质去教育培养。很谢谢上天让我拥有她们！让我在人生的道路上多了一个三个孩子的母亲的角色，这是幸福也是挑战，加油吧，妈咪！

天秤妈妈公平分配爱，也被幸福包围。

　　当你把自己困在一个黑框里，请记得，一定要看到那细缝透出的微光，因为那就是希望。

　　我承认，美好的生活其实一定会有许多争辩与矛盾的时刻，而我，都选择记忆这争辩矛盾后的甜美，因为生活是需要靠自己去找寻到一种舒服的状态。当日子苦、压力大，我们就在这苦日子当中找到会让嘴角上扬的时刻，即使只有一秒，也该紧紧捉住，不容流逝。

　　我就是靠着这种信念，找到了阳光充足的土地，让我在这土地上认真经营与生活，时时给予养分，才能让土地坚固地给予我需要的果实。

　　当你看完这本关于我的书，我并没有什么特效药能解决生命带来的痛苦，但我能给予的或许就是那爱的微光，还有包容与接受的重要生命课题。当你懂得转身、抬头、换个眼光、调整脚步，你真的会发现，爱其实就在你身边，从未离开……

图书在版编目（CIP）数据

贾如幸福慢点来 / 贾静雯著 . — 南昌：百花洲文
艺出版社，2018.4
ISBN 978-7-5500-2746-6

Ⅰ.①贾… Ⅱ.①贾… Ⅲ.①随笔 – 作品集 – 中国 –
当代 Ⅳ.① I267.1

中国版本图书馆 CIP 数据核字（2018）第 056546 号

江西省版权局著作权合同登记号：14-2018-0047

贾如幸福慢点来 JIA RU XINGFU MAN DIAN LAI

贾静雯　著

出 版 人	姚雪雪
出 品 人	柯利明　吴 铭
特约监制	段雪坤
责任编辑	游灵通　程 玥
特约策划	郑心心
特约编辑	郑心心
封面设计	辰星书装
出版发行	百花洲文艺出版社
社　　址	南昌市红谷滩世贸路 898 号博能中心Ⅰ期 A 座 20 楼　邮编 330038
经　　销	全国新华书店
印　　刷	小森印刷（北京）有限公司
开　　本	710mm×1000mm　1/16
印　　张	13
字　　数	99 千字
版　　次	2018 年 4 月第 1 版第 1 次印刷
书　　号	ISBN 978-7-5500-2746-6
定　　价	49.80 元

赣版权登字　05-2018-133
发行电话　0791-86895108　　　　网址　http://www.bhzwy.com
图书若有印装错误，影响阅读，可向承印厂联系调换。